平和の橋 Peace Bridge

一人ひとりが大切にされる社会を願って

竹林館

平和の橋　Peace Bridge

一人ひとりが大切にされる社会を願って

Contents

＊

平和の橋　Peace Bridge

一人ひとりが大切にされる社会を願って

ピース・ブリッジつなぎたい

　昨年、何気なく人を引き合わせて、そのことをすっかり忘れていたら、その後二人がつながり活動の幅を広げていることを知り、うれしく思ったことがありました。私は「橋」になれたのかもしれない……。これも私の役割の一つかな、と思ったのでした。

　そのとき、ふと〝Peace Bridge〟（ピース・ブリッジ）という言葉が浮かびました。そして、「平和の橋」を築く活動ができれば、との願いを込めて今年、神戸ＹＷＣＡにグループ「ピース・ブリッジ」を立ち上げることになりました。

「橋」にはいろいろあるでしょう。世代間の橋、過去から現在、そして未来への橋、様々な地域や国をつなぐ橋など……。いま、ＮＧＯやグループは多くありますが、互いにあまりつながっていないかもしれません。まして、意見や考えの違う人たちとは、会って話すことさえ、避けがちではないでしょうか。私たちは様々な人たちと、性別や年齢を超えて話し合いたいと願っています。

ところで、平和に関する集会に出るといつも残念に思うのは、参加者の多くが高齢者だということです。若い人たちはなぜ参加してくれないのだろう？　若い人たちの意見も聞いてみたいとの思いが常にありました。

そこで私たちは、まず若い人たちの声に耳を傾けることから始めています。先日、ある女子大生は、就職活動や奨学金返済の大変さについて話してくれました。大学で助教をしている26歳の男性からは、新しいコミュニティについての話を聞きました。彼はシェアハウスに住んでいるのですが、個室以外に台所などの共有部分があり、住民どうし適度のコミュニケーションをもつことができるそうです。個室のカギをかけないこともあるけれど、安心して暮らしているとのことです。

次回は、国際協力のＮＧＯで仕事をしている女性から話を聞く予定ですが、彼女は6月からパレスチナに赴任するそうです。若い人たちから学ぶことが多くあります。

さて今の日本は「積極的平和主義」の名のもと、集団的自衛権行使容認など、世界における日本の軍事的役割を増やす方向に進んでいます。しかし、平和学でいう「積極的平和」とは、戦争などの「直接的暴力」をなくすだけでなく、経済的搾取などの「構造的暴力」、それらを肯定する「文化的暴力」をなくすことだといいます。さらに、非暴力の手段で対話や協力などを積極的に創りだすことだ、と。

私たちの「ピース・ブリッジ」はとても小さな存在ですが、平和学的な積極的平和を求めて歩んでいきたいと思っています。

「怒りたい女子会」のデモ

5月31日（日）の午後、京都に住む若い友人に誘われて「怒りたい女子会」のデモに参加してきました。「怒りたい女子会」とは、アラサー（30歳前後）の女性中心の会だといいます。「年齢的にはとても無理！」と思いつつ、彼女たちが何に怒りたいのか知りたくて出かけて行きました。

円山公園に集合ということで、早めに公園に入って探していると、カラフルな風船を掲げてデモの準備をしている人たちが見えました。「私は若くないけれど……」と近づくと、若い男性？（スカート姿なので初めは判らなかった）が「いや、大丈夫ですよ。僕たち男も参加してるし……」と応えてくれました。さり気なくスカートをはいているのにびっくりしました。

音楽に合わせての「コール」の練習が始まりました。「子育て　介護は　タダちゃうで」「結婚　結婚　うるさいわ」「結婚以外の　生きてく　すべを」など。なるほど、女性が声に出して言いたいことばかりです。「政治は男のものじゃない」これも強調したい言葉です。「女も男も弱音を吐こう」確かにそうです。

男女平等な社会になりつつありますが、それでも理不尽なことはあります。「モヤモヤするのに怒れない。私たちを怒らせないような仕組みが、いろんなところに張り巡らされているようだ。ほんとは怒っていいこと『これあかんやつや』と言っていいことがあるはず」と、彼女らは言います。

40名ほどで円山公園から祇園、四条河原町、そして京都市役所までデモをしていると、沿道の人々も笑顔で耳を傾けてくれます。いわゆる従来型のデモとは、周りの反応も違うなと感じました。このデモは若々しくユーモアもあります。身近な言葉で単刀直入に伝えています。何よりも自然体なのがいいです。集まってはいるけれど一人ひとりの「個」が輝いているのです。

帰りの電車の中でふと、以前から気になっていた自民党改憲案（第24条）のことが思い出されました。「家族は、社会の自然かつ基礎的な単位として、尊重される。家族は、互いに助け合わなければならない」という文言が付け加えられるのです。一見何でもない文章のようですが、重要な問題が潜んでいると思います。家族が基礎的単位になると、結婚しない人は肩身が狭くなるかもしれない。家族の助け合いが強制されると、介護などの責任が重くなるでしょう。一人ひとりの個性に合った自由な生き方が阻まれるかもしれないのです。

それぞれの個人が自分らしく幸福追求できるのが、平和な社会なのではないでしょうか。男性も女性も互いに思いやりをもって尊重し合いたいものです。そして、社会の矛盾や問題点には「これあかんやつや！」と怒る力、声に出せる力、行動する力をもっとつけていきたい、とあらためて思った一日でした。

批判精神・想像力を忘れず

　原爆文学研究会に参加するため8月1～2日、広島を訪れました。この会は文学だけに固執しない学際的な研究会で、私は時々参加して様々なことを学ばせていただいています。

　8月の広島は、特別な熱気を感じる場です。研究会が行なわれた建物の地下展示場ではちょうど「原爆と戦争展」が催されていましたが、被爆70周年ということで、大戦の真実を伝える迫真の展示でした。海外からの方々も悲惨な写真をじっと見つめていました。

　2日の朝、平和記念公園を散策していると、多くの子どもや大人が原爆ドーム前に集まっていました。近づいてみると「ヒロシマ・平和リボンの会」の方々が、リボン（平和へのメッセージや折り鶴などの絵を描いた布）をつないでドームを囲み反戦、反核を訴えているのです。8時15分には黙祷、その後、子どもたちが「青い空は」という歌を合唱しました。報道の方々の姿もありました。

さて、今回の文学研究会では、テーマの一つが「詩人御庄博実と50年代詩運動」でした。御庄さん（本名、丸屋博さん）は医師であり、詩人としても活躍された方です。平和運動にも尽力された方で、神戸ＹＷＣＡにも講演に来ていただいたことがあります。私が関わっている詩誌に詩を寄せてくださったこともあり、何度かお会いする機会もありました。惜しくも、今年（２０１５年）1月に他界されたのですが、今回あらためて御庄さんの詩人としての「力」を知ることができました。

神戸に戻って、御庄さんからの葉書などを読み直してみました。英国女流詩人、イーディス・シットウェルの原爆の詩（私の拙訳）を送らせていただいたときには「最終連の描写は凄い感性ですね。僕は思わず原爆投下後の広島で、死者をかき分けて人を探した時の状況を思い出しました」と書いてくださっています。また今から5年前、連載されていた新聞記事の中には「僕の中で、詩人と医師は併存している。『命と向かい合う』のが医師。それは、詩人も変わらないし、そんな詩人でありたい」「文明社会の根幹は批評精神と想像力の二つだと考えています。政治や権威に対する批評精神は常に磨いておかなければならないと思います」と書かれていました。

集団的自衛権行使容認など、国の姿が大きく変わろうとしている今、もし御庄さんが生きておられたら何と言われるでしょう。「批評精神と想像力を忘れてはいけない！」という声が聞こえてくるようです。

平和テーマの詩作に思う

この夏から秋にかけて、詩人の集まりに出かけることが幾度かありました。私自身は能力のなさを感じて詩作からずっと遠ざかっているのですが、仲間が朗読する会には時々参加しています。以前は心の内面を描いた詩がよく読まれていましたが、最近は平和をテーマにする作品が増えてきたようです。

大学院で学んでいた頃、私は英国の女流詩人、イーディス・シットウェルの詩を研究していました。彼女は第二次世界大戦の10年も前に、戦争を予言する詩を書いています。国内でも世界でも貧富の格差が拡がり、強者が弱者を貪っている、この状況の向かう先は戦争ではないかと想像したのです。詩人は予言者だといわれることもありますが、きっと鋭い感性と想像力をもっているからでしょう。

さて、大阪の集まりでは朗読の後、詩人のTさん作「いのちを削る」という放送劇が上演されていました。原発事故後も福島に住み続け、子どもが甲状腺癌に罹った、ある家族の苦悩を描いた作品です。福島の現状が切々と伝わってきました。

また別の会では、友人で詩人の左子真由美さんの詩と話が心に残りました。彼女は「父の膝」という詩を朗読し、平和の大切さを語っていました。


父の膝は暖かかった／父は私を「まゆ」と呼びながら／頭を撫でながら／思い出をなぞるように語った／父は／終戦の八月十五日に／特攻隊で出撃することになっていたという／別れの水盃をかわし／さあ、という時になって／戦は終わった……けれど時折思い出す／一足違いで／私はこの世にいなかったと／一足違いで／この世にいなくなったたくさんの人のこと

彼女のお父さんは拾った幸運を生かして戦後、せいいっぱい人生を生きた人で、彼女もその影響を受けているそうです。

あらためて、放送劇や友人の話がなぜ心に残ったのだろうかと考えてみると、それらは一般的な話ではなく、生きている中で実感したことを、個人の言葉で表しているから

だと思います。平和が失われて傷つくのは、顔の見えない誰かではなくて、身近な「その人」なのです。

この夏、安保関連法反対の渦が巻き起こる中、SEALDｓのメンバーや若者たちのスピーチを聞く機会もありました。彼らも自分の考えを自身の言葉で語っていました。主語は「我々」ではなく「私」なのです。

今、国の方針として「一億総活躍社会」という言葉が掲げられていますが、「総」ではなく、一億それぞれの「個」の活躍であってほしいと切に願います。一人ひとりが自らの意志で、自分らしい幸福を追求できる平和な社会であってほしいのです。

非核を求める活動　真剣に

先日、映画「母と暮せば」を観てきました。井上ひさし氏の、広島を舞台にした「父と暮せば」は、劇や映画を観て感動していたので、今回の映画も楽しみでした。そして期待どおり感銘を受け、涙なしに観ることができませんでした。

井上氏の「父と暮せば」の前口上には、「あの地獄を知っていながら『知らないふり』することは、なににもまして罪深いことだと考えるから書くのである。おそらく私の一生は、ヒロシマとナガサキとを書きおえたときに終わるだろう」とあります。次に、長崎を舞台に「母と暮せば」という題で書きたいと考えておられたといいますが、果たすことなく他界してしまわれました。その思いを今回、山田洋次監督が引き継がれたのです。監督は「泉下の井上さんと語り合うような思いで脚本を書きました」と記しておられます。

さて、映画「母と暮せば」の初めには、長崎に原爆を投下した爆撃機「ボックスカー」が登場します。私は以前、英国の女性詩人の原爆についての詩を研究していましたが、詩人が読んだという当時の新聞には「……観測員は地球の内部から湧き出てくるような巨大な火の球と、そのまわりを取り囲む白い煙の環を目撃した。そして次に、すさまじい速度で三〇〇〇メートルの高さに昇ってくる巨大な紫色の火柱を見た」とありました。その記事からは、投下された場の「地獄」は伝わってきません。

映画では原爆の脅威が、ぐにゃりと溶ける「インク瓶」で象徴的に表されています。医科大学の授業を受けていた浩二は、何が起きたのかさえ判らないまま、インク瓶のように消されてしまいました。普通の暮らしをしていた人々の日常が、突然奪われてしまったのです。その理不尽さに胸がしめつけられる思いがします。

そして3年後の母・伸子と浩二の恋人だった町子の日常が描かれます。いつも気遣ってくれる優しい町子の厚意に、ずっと甘えるわけにはいかないと伸子は思い始めるのです。

「父と暮せば」について井上氏は、娘の幸せを願って現れた父は、娘の「こころの中の幻なのです」と書いておられました。「母と暮せば」でも、3年後に現れた浩二の姿は、町子の将来を想う伸子の心の葛藤から生まれた幻なのです。浩二の言葉「町子が幸せになってほしいっていうのは、実はぼくと一緒に原爆で死んだ何万人もの人たちの願いなんだ」は、「父と暮せば」の思いと通底しています。

苦難を乗り越えて平和な社会を築いてほしいという被爆者の切実な願いに、現在の私たちはどれだけ応えているでしょうか。映画を観た日のニュースでは「北朝鮮の核実験」が大きく報じられていました。人間の罪の大きさに、哀しみと怒りがこみ上げてきます。非核を求める活動を真剣にしなければ、とあらためて思いました。

丸木美術館を訪れて

先日、ずっと訪れたいと思っていた「原爆の図　丸木美術館」に行くことができました。日本YWCAのミーティングが東京であり、翌日埼玉県まで足を延ばしたのです。池袋から東武東上線に乗ると、車窓からの景色が少しずつ田園風景に変わっていきます。約1時間で森林公園駅に到着し、タクシーに少し乗ると美術館が見えてきました。「遠いところをよく来てくださいました。都幾川《ときがわ》のながれに耳をすませ、自然のうつくしい環境を守る美術館でごゆっくりどうぞ」と、立て札に書かれています。

ちょうど「特別公開―原爆の図はふたつあるのか」が催されていました。1950年末頃に米国で「原爆の図」を展示したいとの依頼を受けたとき、丸木夫妻は万一作品が紛失した場合を考えて、若い画家と共に模写（再制作）したのだそうです。今回は「幽霊」「火」「水」の本作と模写が並べて展示されていましたが、私はどちらも迫真の作で、人の心に強く訴える力をもっていると感じました。
丸木位里、俊夫妻は原爆投下後、位里の両親が住む広島に入り、惨状を目の当たりにし、その後30年以上かけて全15部の「原爆の図」を完成させました。丸木美術館は1967年に開館したそうです。私は他の美術館と比べて、作品と観る者の距離が近いと感じました。隔てがなく、自由なのです。丸木夫妻の書斎だった和室で休憩し、本棚の本を読むこともできます。私もホッと座って何冊か手に取り、静かな時間を過ごしました。

原爆の図は被害の観点からだけでなく、加害の視点からも描かれています。第13部「米兵捕虜の死」、第14部「からす」を観ると、同じ人間同士が憎み合い殺戮し合う罪深さを感じざるを得ません。第11部の母子像には「母親が子供をしっかりと抱いて、母は死んでいるのに子供は生きているという、そんな姿をたくさん見ました」と説明があり、思わず涙を誘われます。もし絵に描かれている人たちに魂があるのなら、のどかな場の美術館でいま癒されているでしょう。とはいえ日本中、いや世界中の人々に核兵器の残虐性・非人道性を訴えたいとも願っているでしょう。だから、これらの図は各地に運ばれて展示されるのです。昨年はワシントンやニューヨークなどで展示されました。

美術館を出ると、近くに原爆観音堂や痛恨の碑があり、そっと手を合わせました。そして、陽光にきらめく都幾川を眺めながら、あらためて「平和」を願いました。

生き生きした瞳を守るために

先月15日の夕刊に、映画「不思議なクニの憲法」のことが取り上げられていました。観たいなと思っていたら翌日、YWCAの仲間から電話がかかってきました。「兵庫区の保育園で映画の上映会があるのだけれど、行かない?」と言うのです。「渡りに船」と、出かけて行きました。

保育園の中に入ってまず感じたことは、子どもたちが自由に遊び、瞳が生き生きとしているということでした。上映会が行なわれる部屋に入ると、園長さんから「椅子を運ぶのを手伝ってもらえませんか」と言われました。子ども用の小さな椅子です。「私たちもそこに座って観るのかな?」などと思いつつ運んでいると、子どもたちが手伝ってくれます。手伝うのが楽しいというように、小さな身体で一生懸命運んでくれるのです。管理的保育ではなくて、子どもたちの自発性を大切にされているのだな、と感じました。

さて、松井久子監督の映画「不思議なクニの憲法」には著名人だけでなく、憲法について考え、自分の言葉で語る普通の人々が登場します。「無関心ではいられない。戦争したくなくてふるえる」と訴えるお洒落なギャル。「本土では勉強やスポーツが中断されることがないのに驚いた」と話す沖縄出身の学生。基地の多い沖縄では中断されることが日常なのでしょうか、辛い現実です。「12条する」という動詞を日常会話に使うことを提案する主婦。憲法12条には「この憲法が国民に保障する自由及び権利は、国民の不断の努力によって、これを保持しなければならない」とあります。自分たちの自由や権利を守るために、私たちは努力すべきなのです。

実は神戸ＹＷＣＡでは「憲法出前プログラム」という活動を数年前から行なっています。大学のゼミなどに伺い、現行憲法などを共に声に出して読み合い、自分たちの身近な問題から考えようという取り組みです。こちらの意見を押しつけるのではなく、自身で考えてもらおうと努めています。

私は憲法第13条の「すべて国民は、個人として尊重される」に惹かれています（自民党の改憲案では、なぜか「個」の文字が消されていますが）。一人ひとり顔が違うように、それぞれの個性に合った人生を歩むことが幸せだと思うからです。松井監督は「憲法には、私たちはどう生きるべきかが書いてある」と語られていますが、一人ひとりが「どう生きるべきか」を真剣に考え、自分たちの自由や権利を守るために「12条する」ことが大切なのだと思います。子どもたちの生き生きした瞳を守るためにも、私たち一人ひとりの意志が問われているのです。

過去から学び、未来を選択する

先日「アリス・イン・ワンダーランド／時間の旅」という映画を観に行ってきました。ルイス・キャロルの『不思議の国のアリス』や『鏡の国のアリス』は、英文学では評価が高く、多くの研究書も出されています。今回の映画は、原作からかなり離れてはいるのですが……。

この映画では、大人になったアリスがワンダーランドの友人、マッドハッターの家族を救うために、時間を遡って過去を変えようとします。「マッドハッター」は『不思議の国のアリス』に出てくる帽子屋で、映画ではジョニー・デップが演じています。ファンタジーの映画では、子どもだけでなく大人も味わえるように、現実社会での問題点など、重要なメッセージが込められていることが多いのです。この作品では、アリスのセリフにあるように「過去は変えられないけど、過去から学ぶことはできる」ということだと思います。鏡の中の世界でさえ、過去を変えることはできなかったけれど、「タイム」（時間）と格闘する過程で、アリスは過去から学んで未来を選択することはできることを学んだのでした。ワンダーランドから現実に戻った彼女は、実社会でも賢明な選択をすることができるようになるのです。

さて先日、ある学習会に参加するため立命館大学国際平和ミュージアムを訪れました。暑い日で、汗をふきつつ電車やバスを乗り継いでミュージアムに着き、ほっとして1階ラウンジに座りました。このラウンジはゆったりしていて、手塚治虫氏の二つの「火の鳥」の壁画を眺めることができます。東側の鳥は俯いて哀しそうに見えますが、西側の鳥はしっかり前方を見据えて輝いています。パネルの説明によると「火の鳥―過去・現在・未来」というタイトルで、東壁面の鳥は過去を表し、戦禍による人類の苦しみや悲しみを語り、もう一方の鳥は未来を表し、平和への希求と実現を呼びかけているということです。そして二つの間の空間は現在を表し、常に平和を考える場となっているそうです。なるほど、私はいま「現在」に座っているのだと思いつつ、二つの鳥を何度も見較べながら、しばらくそこに座っていました。

ふと、ヴァイツゼッカー氏の有名な言葉「過去に目を閉ざす者は、結局のところ現在にも盲目となります」という言葉を思い出しました。これは、当時の西ドイツの大統領、ヴァイツゼッカー氏が終戦40周年記念演説で発した言葉です。

過去から学び賢明な未来を選択することができるように、自戒していきたいと思っています。そして、私たちの国もそうであってほしいと心から希求しています。

「文化」で平和をつなぐ

文化の日、世良美術館でピアノのコンサートがあり、聴きに行ってきました。演奏者は大学の後輩の横山由紀子さんで、同窓会で時々お目にかかる方です。美術館でのコンサートということで、音楽と絵画がどのような雰囲気を醸し出すのか、とても興味がありました。

阪急御影駅で降りて数分歩くと、落ち着いた煉瓦色の建物が目に入ってきます。中に入ると、会場の壁には世良臣絵《せらとみえ》さんの、風景や花を描いた作品があり、絵に囲まれるようにグランドピアノが置かれていました。

モーツアルトのソナタ、ショパンのワルツ、リストの「伝説」など、ピアニストの人柄が滲み出てくるような、優しく温かい演奏でした。２００年ほど前の異国の作曲家が創った曲を、いま彼女が演奏している。音符は世界共通の符号で、演奏者は楽譜を頭に入れ、自身の感性と共に奏でる。音楽は時代や国を超えて、人と人の心をつなぐのだ……などと想いながら聴き入っていました。

2階には小磯良平氏のデッサンも展示されていて、コンサート後は絵をゆっくり観ることもできました。座って休憩できるソファーもありました。作品集を買って読ませていただくと、この美術館は世良さんが80歳の時に建てられたそうです。ヨーロッパには小さな個人美術館が多くあり、それらを手本にされたとか、コンセプトは「女性がほっとする空間」だということです。たしかに私も心身が癒される気がしました。

画家であると同時にピアノ教師でもあった世良さんは、阪神淡路大震災後、チャリティーコンサートをされたそうです。美しい絵や心に響く音楽は、くじけそうになった人々に力を与える、芸術は人に勇気を与えるのだと書いておられます。

プロフィールによると、1945年に「神戸空襲で自宅が全焼。夫の実家のある広島へ疎開、その際、被爆する」とありますが、どのような体験をされたのでしょうか。生前、お話を伺いたかったな、と残念に思います。

美術館を出て辺りをしばらく散策しました。「良い環境とは、そこに根づく文化や人との交流があってこそ存在する」とも記されていましたが、神戸がそのような環境をもつ都市であってほしいと心から願います。私はいま「ピース・ブリッジ」というグループで、様々な社会問題を共に考える学習会やシンポジウムを催していますが、「文化」で平和をつなぐということも考えていきたいと思いつつ、静かな御影の街を歩いていました。

戦争の理不尽、胸に刺さる

「この世界の片隅に」という映画を、二度観に行ってきました。同じ作品を再度観たいと思ったのは、これが初めてです。

戦時下の広島を舞台にしていますが、いわゆる反戦映画というのではなく、一人の若い女性の姿に焦点を当てつつ、ごく普通の人々の日々の暮らしを描いているアニメーションです。登場するのは善良な人ばかりで、物のない不自由な時代の中、互いに支え合い、せいいっぱい暮らしています。観終わった後、ほっとした温かい気持ちになるのですが、それと同時に哀しく、どうしようもない怒りのような感情も湧き上がってきます。なぜ、こんなに善良な人々が犠牲になるのか、戦争の理不尽さ、残酷さが胸に突き刺さってくるのです。

この映画は様々な角度から捉え得ると思いますが、私はジェンダーの問題から考えたいと思いました。神戸ＹＷＣＡで昨年「結婚って?」と題して、女性の生き方を考え語り合う会をもち、また今年度は、憲法24条について学ぶ会を企画しているからでしょうか。

映画のヒロイン、すずは言われるままに結婚して呉《くれ》に移り、夫やその家族の世話に精を出します。いつも「うちはぼうっとしとるけえ」と口にするように、深く考えることもなく家事に励むのです。しかし、絵を描くことが大好きな彼女が戦艦の姿をスケッチしていたとき、憲兵に軍事機密だと没収されたり、空襲が日々激しさを増す中で、ぼうっとしているだけではいられなくなります。

ある日、義姉の幼い娘、晴美と一緒にいるとき、時限爆弾の爆発に巻き込まれます。晴美は生命を失い、すずは右手を失ったのでした。終戦の玉音放送を耳にしたすずが、戦争の理不尽さへの怒りを爆発させ、慟哭した場面はとても印象的でした。すずの兄は戦死、両親も広島への原爆で亡くなっていたのでした。

徐々に自分の考えを声に出し、居場所も自ら選択するようになるすずの姿を通して、女性のアイデンティティを描いているように思えました。

さて今、自民党の改憲案では13条で「個人」が「人」となり、24条では家族を基礎的単位として「家族は、互いに助け合わなければならない」という言葉が付け加えられています。今や女性も外で一個人として働く時代です。自身の考えや自分の言葉をもち、理不尽さに対しては異を唱える力を備えていたいものです。たとえ、この世界の片隅に居る存在であっても、個人としての尊厳はもち続けたいのです。

私たちの平和活動

阪神・淡路大震災が起きてから、来年で20年になります。それまでは社会問題にあまり興味のない私でしたが、震災を経て、少しずつ社会の矛盾などに気づくようになりました。

家が壊れ体調を崩し、途方にくれている人が多くいる中で、行政は市民の「心」に寄り添うのではなく、神戸空港など「物」をつくることに目を向けました。市民と行政とのギャップを感じざるを得ない日々でした。

当時、避難所の一つになっていた神戸ＹＷＣＡで、私はボランティア活動を始めました。しばらくして平和に関する活動にも参加するようになりました。

さて、ＹＭＣＡは有名ですが、ＹＷＣＡは知らない人が多いと思います。エッセイなどで「ＹＷＣＡ」と書くと、校正の方にＷをＭに直されたりします。ＹＷＣＡはYoung

Women's Christian Association の略で、Women（女性）が活動する国際NGOの一つです。人権や平和を求める私たちの活動に共感してくださる方なら、クリスチャンでなくても会員になることができます。

神戸YWCA平和活動部は、講演会やワークショップなどを催して「平和」に関わる活動をしています。今から7年前にはこの「小さな雑誌」*の岡村さんに「戦争の悲しみを絵画から聴く」と題して講演していただいたことがあります。新聞も取り上げてくれて、多くの方が聴きに来られました。

東日本大震災・原発事故があった2011年には「被曝の時代を生きる」というテーマで、神戸学生青年センターをお借りして、一週間にわたって展示や講演会を催しました。準備が大変でしたが、何かをしなければならないという思いにつき動かされていたのだと思います。

そして昨年からは、憲法に関するワークショップを始めています。大学のゼミや高専、高校などに出向いていって、若い人たちに「憲法」について考えてもらおうという取り組みです。各校の先生方に呼んでいただき、今まで7回ほど実施させていただきました。

憲法を変えようという動きがある社会の中で、ほとんどの若者は憲法を真剣に読んだことがありません。せめて一度はじっくり読んで考えてほしいと思います。資料は現行憲法と自民党の改憲案などです。皆で音読した後、率直な意見を述べてもらうことにしています。そして、平和活動部のメンバーは「決して私たちの意見を押しつけないように」と、心がけています。

現行憲法第25条を読んで「お金がない時は一日一食ということもあるけれど、これって健康で文化的な最低限度の生活かな?」とつぶやく学生がいました。また、自民党の改憲案では第24条に「家族は、互いに助け合わなければならない」という文が加わっているのですが「もし親に虐待されてきた子どもでも、親の面倒を見ないといけないの?」と聞く学生もいました。就職できるかどうか不安な学生は、まず第27条に関心をもちます。「就職」ということが、今の学生にとって何より差し迫った問題なのでしょう。人それぞれ感じ方や考え方が違って当然です。でも、何も考えないで、ただ世の中の動きに流されてしまうのだけは避けてほしいと願っています。

さて最近、私たちの活動にアメリカ人の若い女性が加わってくれました。高校でALT(Assistant Language Teacher)として教鞭をとっておられる方です。彼女の母親も現在、アメリカで先生をされていて、広島への原爆投下から70年経ついま、生徒たちと「千羽鶴」の劇をしたいと計画されています。「千羽鶴」は、原爆投下後10年経って、白血病で亡くなった佐々木禎子さんをモデルにした劇です。

そこで先日、私たちは彼女のお母さんや生徒さんに「平和のメッセージ」を伝えたいと、ビデオレターを送ることにしました。メンバーそれぞれが思いを込めて鶴を折り、色画用紙にメッセージを書きました。私は英語で「日本人がヒロシマやナガサキと言うと『リメンバー　パールハーバー』と返されることがあります。確かに私たち日本人は被害者であると同時に加害者ですが、それでも、核兵器の恐ろしさは伝えたいのです」などの内容を読ませていただきました。

来年は、ＹＷＣＡ全国会員集会が沖縄で行なわれます。私たちは、そこでもワークショップをさせていただくことになっています。社会問題に関心のない方や若者たちにどうすれば興味をもってもらえるだろうか、詩や歌、劇などを活用してはどうか、などアイディアを出し合う機会にしたいと考えています。

＊「小さな雑誌」は丸木美術館学芸員の岡村幸宣さんが発行されている雑誌です。

平和の橋　ピース・ブリッジ

誤解が重なり　心が離れそうになったら
思い出して　橋があることを
あなたと私をつなぐ　平和の橋

世代が違うから　仕方ないなんて言わないで
心を開いて　話し合って
世代を超えて　分かち合いたい

仲間となかま　少しの違いで手を結べないとき
何が大切か　考えてみて
生命《いのち》を守る手と手　つなぎたい

肌の色や　国が違うからと背を向けないで
流れる　血の色は同じ
生命と生命つなぐ　ピース・ブリッジ

人間は今まで幾度　過ちをおかしてきたのだろう
話し合わずに
攻め合って　傷つけ合って

人間は今もなぜ　過ちをおかすのだろう
分かち合わずに
憎しみ合って　苦しめ合って

誤解が重なり　心が離れそうになったら
思い出して　橋があることを
あなたと私をつなぐ　平和の橋

＊「ピース・ブリッジ」というグループを立ち上げるにあたって、書いた詩です。

ド・ロ神父の足跡をたどって

4月の初め、遠藤周作の小説の舞台にもなった長崎の外海《そとめ》地区を、神戸YWCAの友人と訪れてきました。今回は特に、地区の人々に慕われたド・ロ神父（マルク・マリー・ド・ロ 1840-1914）のことが知りたいと思っての旅でした。

小雨の中、黒崎教会、枯松《かれまつ》神社、ド・ロ神父記念館、旧出津《しつ》救助院などを訪ねました。当時は「陸の孤島」と呼ばれていた僻地《へきち》です。今でこそ道路が整備されていますが、険しい坂道が続き、当時はどんなに大変だったことでしょう。だからこそ、潜伏キリシタンがひっそりと暮らせたのかもしれませんが……。

黒崎教会はド・ロ神父の指導で敷地が造成され、信徒たちが一つ一つ煉瓦《れんが》を積み上げて建てたといわれる美しい教会です。優しい表情のマリア像も立っています。

枯松神社のそばには、潜伏キリシタンが隠れて祈ったという「祈りの岩」があります。

彼らはここに集まって、密やかに祈りを捧《ささ》げていたのです。

さて、ド・ロ神父はフランスで１８４０年、貴族の次男として誕生しました。神学校を卒業後の１８６８年、キリシタン弾圧下の日本に赴任しました。外海地区の主任司祭になったのは１８７９年です。厳しい自然環境の中、信仰だけを支えに生きてきた地域の貧しい人々に接し、魂の救済だけでなく生活の救済をしようと奮闘します。神父の父親はフランス革命を通して、家や財産など、いつ失うかもしれないものに頼るのではなく、どんな社会状況でも生きていけるような教育を、子どもたちに与えなければならない、と考えたそうです。それでド・ロ神父も、建築、医学、農業などの知識を得ることができたのです。

旧出津救助院は女性の自立支援のために建てられた場です。そこで、女性たちは神父から織物、染色、そうめんやパンなどの製造技術を学び実践しました。神父は「教育が人をつくるのだ」と語って

Marc Marie de Rotz

いたそうです。２階には彼がフランスから取り寄せたというオルガンが置かれていて、シスターの許しを得た私は、讃美歌を1曲弾かせていただきました。オルガンの音を通して当時の人々の思いが、じーんと伝わってくるような思いがしました。

ド・ロ神父は私財と能力のすべてを地域の人々のために投じ、一度も郷里に戻ることなく74歳で他界しました。外海と彼が生まれたフランスのヴォスロール村は、１９７８年、姉妹都市になったそうです。彼が生涯をかけて示した人類愛に根ざした平和を進めるため、今も文化交流が続いているということです。まさに、真の「平和の橋」が懸けられたのだと思います。

*

ヴェラとローランド　――第一次世界大戦中の悲恋

第一次世界大戦（1914〜1918）が始まった年から、今年（2014年）でちょうど100年になります。

当時、イギリスはドイツやオーストリア軍などを相手に戦っていたのですが、その頃の若い二人――ヴェラ・ブリトン（Vera Brittain）とローランド・レイトン（Roland Leighton）の悲恋を紹介したいと思います。

ローランドはヴェラの弟エドワードの親友でした。年下ですが尊敬できるローランドにヴェラは惹かれ、ローランドも可憐なヴェラに心を奪われます。しかし第一次大戦が始まり、ローランドは兵士として前線に向かうことになりました。

二人は「書くこと」が好きで、何度も手紙を交換し合います。詩を書いたり読んだりすることが共通の趣味で、互いに詩を贈り合ったりもしました。離れていても、二人は

「言葉」を通して、愛を深め合ったのです。

当時女子大生だったヴェラと戦場でのローランドとの文通の様子は、ヴェラが後に出版した *Chronicle of Youth*（若い日の記録）に、生き生きと残されています。

１９１５年8月、ローランドは短い休暇をもらい、二人は久しぶりに逢いました。まず、ローランドがヴェラの家を訪れ、そしてヴェラが彼の家を訪れて互いの家族にも会い、将来を約束し合ったのです。

当時のヨーロッパの戦争は塹壕戦で、銃だけでなく化学兵器（毒ガス）も用いられていました。いつ生命を失うかもしれないローランドだからこそ、婚約することに明日への望みを託したのでしょうか。

数日間を共に過ごし、8月23日、ローランドの家から自宅へ戻るヴェラを、彼はセントパンクラス駅（ロンドンの主要駅の一つ）まで見送りました。その時の状況を、ヴェラが描いたのが次の詩です（私の拙訳を付けます）。

ST PANCRAS STATION, AUGUST 1915

One long, sweet kiss pressed close upon my lips,
One moment's rest on your swift-beating heart,
And all was over, for the hour had come
For us to part.

A sudden forward motion of the train,
The world grown dark although the sun still shone,
One last blurred look through aching tear-dimmed eyes —
And you were gone.

セントパンクラス駅　1915年8月

わたしを引き寄せて　長く甘い口づけをする
あなたの　鼓動ひびく胸にしばし安らぎ
やがて　別れの時がきて
　すべてが　終わった

がたんと　電車が動きだし
　陽光はあるのに　世は暗くなり
つらい涙あふれる瞳に　後ろ姿はかすみ――
　そして　あなたは行ってしまった

この時の状況は *Chronicle of Youth* に、日記としても残されています。1915年8月23日の日記を訳してみます。

ベルが鳴り、人々は電車のドアから少し退いた。だが、彼はまだ私の近くに立っていて、私の手を乱暴なほど強く握り、私の顔を引き寄せ、ふたたび口づけた。今までにないほど、情熱的に。そして私も、かつてないほどの口づけを返した。そしてようやく「さよなら」とささやいた。彼は何も言わず、すばやく後ろを向いて、プラットホームを急いで降りていった。言いたくない言葉をささやいた私は、電車が動き始めてもドアのそばに立って、人ごみにまぎれていく彼をじっと見ていた。けれども、彼は一度も振り返らなかった。まぶたに残るのは、彼の固く蒼ざめた顔だけ。すべてが終わった……

過酷な前線で戦うローランドを想うと、学生であることに耐えられなかったヴェラは休学し、戦場で傷ついた兵士たちを看護する志願看護師として働き始めました。

1915年12月23日、ローランドは塹壕でドイツ兵に撃たれ、生命を失いました。享年20歳という若さでした。セントパンクラス駅での別れから、ちょうど4か月後のやはり23日でした。たった一人の弟であるエドワードも戦地に散ってしまいました。

ヴェラ・ブリトンは、その後書くことに力を注ぎ、作家としてまた平和活動家として生きることになったのです。

さて、今なお世界には紛争が絶えることがありません。若い恋人たちの未来や夢を奪う武力による争いではなく、話し合いで平和を築くことのできる世界になってほしいと、心から願います。

Roland Leighton

Vera Brittain（看護師姿）

引用文献

Brittain, Vera, *Chronicle of Youth—Great War Diary 1913-1917*, London: Phoenix Press, 2000.

Brittain, Vera, *Because You died*, London: Virago Press, 2008.

顔の中の赤い月

最近、テレビを見ていると、言葉が軽くて皮相的だと感じることが多い。ニュース番組でさえ同様である。事件や問題が起きても、なぜ起きたのか、どうすればよいのかと、深く掘り下げられることが少ない。

ひょっとしたら、私たちの生き方も皮相的になっているのかもしれない。社会の問題点も自分自身のことも、じっくり考えることから逃げようとしている。日々、軽い言葉とともに、流されている方が楽なのだろう。

さて先日、「顔の中の赤い月」という、不思議なタイトルの短篇小説を読んだ。作者は神戸市生まれの作家、野間宏（1915〜1991）。彼は詩人でもあった。

この小説は「顔」に焦点を当てて書かれている。

「未亡人堀川倉子の顔のなかには、一種苦しげな表情があった」という言葉から始まる。

主人公、北山年夫は、その堀川倉子の顔に惹かれる。単に美しいから惹かれるというのではない。彼女の顔の中にある何かが、彼の中の苦しみと響き合うのである。

「何故に、彼女の顔がそのように自分の心にぴったりよりそうのか不可解であった。しかし、とにかく彼女のその顔は彼の心の苦しみに触れた」とある。

年夫の中の苦しみの一つは、彼の恋愛経験から生じたものである。若い頃に愛した女性に去られた彼は、その後、心から好きになれないまま、ある女性と関わっていた。その女性の方は心底から愛してくれたのだが、年夫は元の恋人の代理として扱っていたに過ぎなかったのだ。

戦時下の軍隊の労苦に満ちた生活の中で、ようやく彼女の大切さを悟ったとき、彼女の訃報が届く。

兵役では、初年兵は敵と戦う以前に、上等兵に痛めつけられる。「彼は編上靴の底でなぐられて紫色に変色し、はれ上った頬を自分の冷たい手でなでながら、母親の柔らかい手を思い、死んだ恋人の優しい掌を思うたのである」。

年夫は、彼女が優しく愛してくれたのに冷たく接していたことを悔やみ「すまない」と心で謝りつつ、戦地での苦しみに堪え続けた。

「《もっと苦しめ。》と彼は自分に言いきかせながら、五年兵の鞭の下で砲車を引いて歩いた。……熱帯の大きな赤い月が兵隊たちが上げる砂埃でけむった海岸線の向うに昇っていた」とあり、ここに「赤い月」という言葉が出てくる。「赤い月」は彼の罪の象徴なのだろうか。

彼のもう一つの苦しみは、苛酷な戦地で力尽きた仲間を助けることなく、見捨てたという事実である。

戦地では、自分の力で自分の生命を守り、苦しみを癒すしかない。食糧が不足している場合はなおさらである。「部隊全体が餓えているとき、自分の食糧を他人に与えることは自分の死を意味した」とある。

中川二等兵が力尽きて倒れたとき、彼は励ますことも手を差しのべることもできなかった。「というよりも、もし彼がそのような動作を開始したとすれば、今度は彼が自分の身を支える力を失って、死滅する以外にない」状況だった。彼は「中川二等兵の声に自分の心がさそい込まれて行くのに抵抗しながら黙って歩きつづけた」。自分の生命を支えるために戦友を見殺しにしたのだった。

しかし復員してからも、彼はその罪の意識から逃れることはできない。

一方、堀川倉子の苦しみは、愛する夫が戦死したことによるものであった。彼女は恋愛を通して結婚し、結婚三年目に応召した夫を失ったのだ。三年間は本当に幸せだったので「何の思いのこすこともない」と言うが、突然幸せを奪われた寂しさは隠しきれない。そんな年夫と倉子は時々会い、話し合い、しだいに惹かれ合っていく。

もしも年夫が深く自身を見つめ、考える人でなければ、そのまま突き進んだかもしれない。だが、彼にはそれはできなかった。

二人が乗った電車の中の場面が印象的である。年夫はそばにいる倉子の顔に、小さな斑点があるのに気づいた。かすかな小さな斑点なのだが、見つめるうちに、それが彼自身の心の中にある斑点に重なり、しだいにふくらんでいく。

「彼は堀川倉子の白い顔の中でその斑点が次第に面積を拡げるのを見た。赤い大きな円いものが彼女の顔の中に現れてきた。赤い大きな熱帯の月が、彼女の顔の中に昇ってきた」のである。あの戦場での赤い月だ。仲間を見殺しにした罪の意識が蘇ってくるのである。

「自分の生存のみを守っている人間が、どうして他人の生存を守ることが出来よう」。極限に置かれた場合、自身を守ることしかできないことを実感している彼は、彼女とこれ以上深く関わることができないと考える。

　年夫は「さようなら」と言い、倉子は電車から降り、戸がしまった。「二人の生存の間を、透明な一枚のガラスが、無限の速度をもって、とおりすぎるのを彼は感じた」という言葉で、この小説は閉じられている。

　この小説では、主人公の心の内が深く掘り下げて描かれている。人間が生きるということ、愛、そして死の意味が追求されている。

　顔に焦点を当て、そこに現れる赤い月を象徴的に描きながら、作者が訴えたかったことは何か？　私たちには読み取る力が求められている。

　皮相的な生活の中で、久しぶりに「文学の言葉」「深い言葉」を感じた小説であった。

引用文献
紅野敏郎 他編『日本近代短篇小説選　昭和篇2』岩波書店、２０１２

平塚らいてうの生き方

1、元始女性は太陽であった
―「青鞜」発刊に際して―

平塚らいてうという名を聞くと、多くの方が「元始、女性は太陽であった」という言葉を思い浮かべるのではないだろうか。それほどに、有名な言葉である。

1911年9月、らいてうは「青鞜」発刊に際して、次のような文章を書いた。

元始、女性は実に太陽であった。真正の人であった。
今、女性は月である。他に依って生き、他の光によって輝く、病人のような蒼白《あおじろ》い顔の月である。

さてここに『青鞜』は初声《うぶごえ》を上げた。

太陽と月という比喩を通して、女性の生き方が捉えられていることが分かる。

国語辞典で「太陽」を調べると「太陽系の中心に位置し、地球に最も近い恒星。地球に熱と光を与え、万物を育てる」とある。恒星とは自ら光を発する星である。私たちが住む地球は、太陽の周りを公転している惑星、月はその地球の周りを回る衛星だ。

辞典によると「衛星」には「あるものを中心とし、それに従属して周辺にあるもの」という意味もある。

「青鞜」が出された頃、家制度の下で女性は無能力者だとみなされていた。相続権も親権も事実上なく、財産を管理する能力もないとされていた。他者に従属し、自らの力で生きることが難しい時代だった。

そうではなく、太陽のように自ら輝くことのできる存在でありたいと述べたのが、らいてうだったのだ。

では、具体的に彼女が目指したのは、どういう生き方だったのだろう。

「元始女性は太陽であった」によると、女性が潜在能力を十分に発揮することこそが大事であり、そのためには「精神集注」が必要である、という。煩雑な家事にばかり従事している女性は、精神の集注力を鈍らせている。「隠れたる太陽の輝く日まで」、自らもっている能力を磨く努力をすべきである、と。

また「無我にならねばならぬ」とも書いているが、これは禅の教えから由来しているのだろう。

彼女は、女子大生の頃から禅寺に通いつめ、ついには「見性」を得ている。「見性」とは、仏教用語で「邪念をすて、本性を見きわめる」ことだという。

孫（奥村直史）によって書かれた『平塚らいてう』によると、見性を得たことで、それまでの内気な性格が一転し、外界の出来事にも関心が増したという。異性に対しても、また文学の世界にも興味を示し「閨秀文学会」で一人の男性に出会うことにもなった。

その人と心中未遂事件を起こしてしまうのだが、それがスキャンダルとして新聞に書き立てられ、女子大の同窓会からも除名されてしまう。

しかしらいてうは、押しつぶされることはなかった。彼女を支える両親の庇護の下、自分の進むべき道を落ちついて考えることができた。そして、「自己実現」を目指し、太陽のように自ら輝くことのできる存在でありたいと強く願ったのである。

「青鞜」発刊に際して書かれた文章は「烈しく欲求することは事実を産む最も確実な真原因である」という言葉で結ばれている。

2、年下の画家との共同生活へ

らいてうは28歳の時に、奥村博（後に博史と改名）という5歳年下の画家と共同生活を始めた。実家を出て独立した人生を始めたのだ。その経緯は「独立するについて両親に」という文章において、率直に記されている。

当時の家制度に反対していた彼女は、結婚という形を取らなかった。「現行の結婚制度に不満足な以上、そんな制度に従い、そんな法律によって是認してもらうような結婚はしたくないのです」と書いている。

当時（大正3年）の女性にとって、同棲という形をとることとは、思い切ったことだったと思う。それを成就したのは、彼に対する「私の愛の力」だったとも書いており、自ら主体的に選択した生き方だったと分かる。

「私は五分の子供と三分の女と二分の男をもっているHがだんだんたまらなく可愛いものになって参りました」という表現は、興味深い。男性に対する思いというよりも、弟に対する愛のようなものだったのだろうか。共同生活に入ってからも、経済的には彼女の方が支えることが多かったようである。

「子供を造ろうとは思っていません」と書いているが、実際は翌年、長女を産んでいる。それまで、考えたり書いたりする時間を何より重んじていた彼女だが、家族には惜しみない愛情を注ぐようになるのである。「母としての一年間」という文章には、産んだ子どもの顔を見た瞬間「何事があろうとも自分自身の手塩にかけて育てよう」と誓った、と書いている。

スウェーデンの女性思想家、エレン・ケイの母性についての書に影響を受けたらいてうは、母性保護について、与謝野晶子と烈しい論争を始めることになる。仕事と子育ての両立の困難さを体験した彼女は、国家が、子を産み育てる母親を保護すべきだと主張した。それに対し、与謝野晶子は、女性は自らが経済的に自立すべきであり、らいてうの考えは国家に寄食する「依頼主義」だと批判したのである。

平塚らいてうと与謝野晶子の母性保護論争は有名だが、私はどちらにもそれぞれの理があるように思う。

「母性保護の主張は依頼主義か」という、らいてうの反論には、女性が置かれている現実の状況が記されていた。必死で働いても少ししか給料をもらえない多くの女性にとって、小さな子どもを抱えての経済的自立は難しい。与謝野晶子のような特別な才能のある女性でない限り、困難なのだ。実際、らいてうの生活も経済的に困窮していたようである。

しかし、子どもを産み育てることは、国家のためでもあるというらいてうの考えは、戦時中に優生思想につながる危険性も潜めていた。一方、与謝野晶子は、子どもは国家のものではなく、子ども自身のものであると述べていて、その考えには敬意を表したい。自分の考えをペンを通して発しつつ、らいてうは市川房枝と共に「新婦人協会」を発足させ、女性の地位向上のためにも全力を尽くした。女性の政治活動を禁じた治安警察法改正のための運動なども行なったが、過労から健康を害して、転地療養せざるを得なくなる。

やがて、成城の地で落ち着いたらいてうは、今度は地域に目を向けて、消費者組合「我等の家」を設立して、組合長になる。現在でこそ、消費者組合は普及しているが、当時は珍しかったのではないだろうか。また、何か活動を進める度に、リーダーに推される彼女にはやはり人を惹きつける「何か」が備わっていたのかもしれない。

3、戦後、平和活動へ

太平洋戦争が始まった頃、らいてう一家は疎開生活に入り、茨城県に移り住んだ。執筆活動などはほとんどせず、専ら農耕生活に勤しんだのである。戦争協力の言葉を発することを避けて、沈黙を守った時期だったともいえよう。

しかし戦争が終わると、彼女は再び活動をスタートさせた。特に、平和運動に精力的に取り組んだのだ。

1948年に書かれた「わたくしの夢は実現したか」には、「参政権が突如として向うから落ちてきた」と、久しく求めてきたものを得た喜びを記している。憲法24条で男女平等が与えられ、長い間女性を縛りつけていた家制度からの解放が実現したことにも、大いなる喜びを表している。

「いまこそ、解放された日本の女性の心の底から、大きな、大きな太陽があがるのだ。みよ、その日がきたのだ」と。

1950年には「非武装国日本女性の講和問題についての希望要項」という声明を出している。それは、二度と「夫や息子を戦場に送り出すことを拒否する」という、平和への願いであった。因みに、私は現在YWCAで平和活動に関わっているが、この声明が当時の日本YWCA会長の植村環などと連名で出されていたことを知り、嬉しく思う。また、らいてうは世界共通言語としてのエスペラント語にも興味をもち、世界が一つになることを夢見ていた。

1966年には「憲法を守りぬく覚悟」を書いている。男女平等や戦争放棄の平和憲法を誇りに思い、憲法無視の政治に対し、「あくまでも憲法を守りぬかなければならないと覚悟しております」と明言している。

ベトナム戦争終結のための運動にも関わり、ベトナムに「母と子保健センター」を設立しようと努めた。平和のために行動し続けたが、ついに1971年、他界した。享年85歳だった。

平塚らいてうの人生をみると、若い頃は自ら輝く太陽のようでありたいと、自己実現を目指し、次に家族をもつと、周りを支える存在にもなった。そして、晩年には地域、さらに世界へと視野が拡がり、地球レベルで平和を願う存在となったと考えられるだろう。

ところで、「平塚らいてう」という名を聞くと、大柄で声も大きい社交的な女性をイメージするのではないだろうか。しかし、孫による書を読むと、彼女は身長が一五〇センチもなく大きな声も出せず、人と関わるのが苦手だったという。もっとも、それゆえにこそ「書く」ことに精力を注いだのかもしれない。

ふと、私自身の祖母のことを思い出した。明治生まれの祖母も身体は小さかった。だが、早くに夫を亡くした後、一人で呉服屋を営み、子どもを育て上げる強さをもっていた。いつも前向きで明るく、常に何かをしようとしていたことも思い出す。

女性の自立が困難であった時代に、自らの力でせいいっぱい生きた女性たちは、確かに存在したのである。

さて、現在の女性たちは、どんな生き方を願っているのだろう。太陽のように自らが輝きつつ、他者にも光を与えることのできる、そんな生き方であればいいな、と願っている。

引用文献

小林登美枝、米田佐代子編『平塚らいてう評論集』岩波書店、1987

奥村直史『平塚らいてう― 孫が語る素顔』平凡社、2011

柳原白蓮の短歌《うた》　――平和への思い

図書館の棚を眺めていて、ふとアーサー・ビナードさんの本『日本の名詩、英語でおどる』が目にとまった。以前、ビナードさんの講演を聴いたことがあって「日本人よりも日本語が上手だ！」と驚いたことを思い出したのだ。そして、その本を借りて帰ることにした。

本の中で、ビナードさんは様々な詩を英訳されているが「まえがきにかえて」では室生犀星の「小景異情」にふれて、一見過去のものに見える作品も英語に「翻訳すれば古めかしい表現がみんないったん外され、逆に中身のほうが前面に出る。そこで分かるのだ。いかに時代を超越した普遍的な作品であるかが。」と書いておられる。英訳を読み進めて、なるほどと納得した。

この本で私が特に興味を抱いたのは、柳原白蓮の短歌とその英訳である。白蓮は、村岡花子の生涯を描いた２０１４年の朝の連続ドラマに登場していて、そのドラマチックな人生に驚かされていた。しかも、写真で見る白蓮は、竹久夢二の絵そっくりの美人である。

白蓮は1885年に伯爵の次女として生まれるが、本妻の子ではないので里親に預けられ、15歳で結婚を余儀なくされる。数年で離婚したが、その後また、九州の炭鉱王と称される人と再婚させられた。

それでも彼女は、最終的には自分の意志を通して「絶縁状」を公表し、本当に愛する人の元に走るのである。そしてやっと、自ら望んだ相手との間に生まれた長男が香織だったのだ。

その香織が若くして戦死したことを詠んだ短歌が、切々と心に迫ってきた。

幼くて母の乳房をまさぐりし
その手か軍旗捧《ささ》げて征《ゆ》くは

Are those the hands that, once so tiny, grasped
a mother's breast? Now they hold up a battle flag.

母親にとっては、たとえ大人になろうとも、息子はいつまでも子どもである。幼い頃の息子の姿が脳裏に、また肌の感覚としても鮮明に母親に染み付いている。あの小さかった息子の手が、今や軍旗を捧げているとは……。なぜあの子が、戦場に向かわないといけないのか。母親の哀しさが迫ってくる。

英霊の生きて帰るがあると聞く
子の骨壷よ振れば音する

Mistaken Identity happens… some *War Dead*
return alive… I shake my son's urn. It rattles.

日本語の「英霊」を英語にするのは難しいだろうが、ここでは斜字という手法が用いられている。*Mistaken Identity* という表現も工夫されていると思う。このうたは、英訳されることで意味が明確になっているのではないだろうか。多数の犠牲者の中では、個人を特定するのは難しい。本当に息子の骨かどうか分からないものが、カタカタと寂しい音をたてているのである。

写真《うつしゑ》を佛《ほとけ》となすにしのびんや
若やぎ匂ふこの写真を

This photo doesn't belong on an altar. This face
brimming with youth, you call this the *deceased?*

日本語には漢字にルビをうち、特別な読み方をさせる方法があるのだと、英語と並べて見ることであらためて気づいた。「しゃしん」ではなく「うつしゑ」という響きが、独特の雰囲気を醸し出している。日本語と英語を並べることで、国の文化の違いにも気づく。「佛」という言葉には仏教的なニュアンスがあるが一方、altar からは教会の祭壇のイメージが漂ってくるのだ。

This photo doesn't belong on an altar. では、この写真は祭壇にあるべきではないという、否定の思いが迫ってくる。英訳ゆえに、母親の思いがストレートに伝わってくるのだ。

こんなに若さに輝く写真を見て、あなたはそれでも彼が死んだなどと言えるのか？　という憤りである。

たった四日生きていたらば死なざりし
いのちと思ふ四日の切なさ

Killed four days before the war ended.... if only
he'd lived four more. Oh the pain from just four days.

香織は早稲田大学在学中に学徒出陣し、昭和20年8月11日、所属していた鹿児島の陸軍基地が爆撃を受けて戦死した。あと四日生きていたら！　という、無念さが伝わってくる。

もちろん、あと十日早く敗戦を受け入れていれば、広島や長崎への原爆投下も回避できたのである……。

さて、ビナードさんは白蓮の短歌について「波乱万丈の自分の人生を白蓮は歌の題材にしたが、その話題性に寄りかかってなどいない。輝いているのは、彼女の表現力だ」と書いておられる。

「言葉の力」について考えるときに、私がいつも思い出すのが大岡信さんの『詩・ことば・人間』である。その本の中で、京都で桜色の着物を見た時のことを書いておられたのが印象に残っている。

その桜色は淡いようで、しかも燃えるような強さを内に秘めた美しさだった。大岡さんは、桜の花びらから色を抽出した糸で織ったのだろうと思われたが、実際は桜の皮から取り出した色なのだった。桜の花が咲く直前の木の皮が、この色を生み出すのだという。

そこで、大岡さんは「言葉の力」も同様ではないか、と書いておられる。一語一語の言の葉は、幹全体で生み出しているのだ、と。

白蓮も、息子を戦死させた痛恨の思いから、身体中から絞り出すように、これらの短歌を生み出したのに相違ない。

ところで白蓮は、女性の人権が十分に保障されていなかった時代においても、自分の意志を貫く強さをもっていた。息子の戦死という哀しみに遭遇しても、その根源を探り求め、他者と共に平和運動を進める強さをもっていたのである。
彼女の思いは平和への祈念となった。ラジオで同じ境遇の母親たちに呼びかけ、「悲母の会」を結成したのだ。それは「国際悲母の会」となり、世界連邦運動に発展した。その婦人部の中心となって各地を訪ね、講演して歩いたという。
彼女の歌集『地平線』には次のような短歌がある。

もろともに泣かむとぞ思ふ
　たたかひに子を失ひし母をたづねて

「原爆供養」と題した作品もある。

地球上の二つの地点忘れむや
　平和の道はここに初まる

また、戦争について次のような印象的な短歌もある。

空襲のさなかに蝶のあそぶ見て
　しみじみ人のおろかさに泣く

同じ人間同士なのに、争い殺し合う現実がある。無心に舞う蝶の姿を見て、人間の愚かさを痛感せずにはいられなかったのだ。

歴史は繰り返すというが、再び若者を戦場に送り出すような時代が来るのではないかと、昨今の世界を見ていて不安になることがある。

白蓮の短歌は今も私たちに、平和の大切さを切々と訴えてくれている。

引用文献
アーサー・ビナード『日本の名詩、英語でおどる』みすず書房、2007
大岡信『詩・ことば・人間』講談社、2001
柳原白蓮『柳原白蓮―愛を貫き、自らを生きた八十一年の生涯』北溟社、2014

柳原白蓮

メディアの役割とは？

以前、私は英国の女性詩人、イーディス・シットウェル（Edith Sitwell, 1887–1964）の、原爆に関する詩を研究していたことがあります。彼女の「原子時代の三詩篇」という作品は力作で、その深い内容に惹かれたのです。

彼女がその詩を書くきっかけになったのは、タイムズ紙の記事でした。1945年9月10日の記事に、長崎の原爆投下を目撃した人の文章が載っていて、それに衝撃を受けたといいます。特に巨大なトーテムポールの形をしたものが、無数の人びとを殺戮したことにショックを受けたということです。「創造」の象徴であるはずのトーテムポールが「破壊」の象徴になってしまったことに慄いたのです。

私は大学図書館を通して、その日の「ロンドン・タイムズ」の記事のコピーを取り寄せてもらって読んでみました。すると、決して大きくはない記事で「長崎への原爆―紫色の火柱」という見出しで書かれていて、前日の「ニューヨーク・タイムズ」から抜粋された内容でした。詩人が衝撃を受けたという「トーテムポール」について書かれたところを抜粋します。

尾部にいる観測員は地球の内部から沸き出てくるような巨大な火の球と、そのまわりを取り囲む白い煙の環を目撃した。そして次に、すさまじい速度で三〇〇〇メートルの高さに昇ってくる巨大な紫色の火柱を見た。……変化の一過程では、それは底辺が約五キロ、頂点が約一・五キロの巨大な四角いトーテムポールの形になった。底は茶色で、中心部はこはく色、上は白だ。生きているトーテムポールで、そこには地球をにらみつける多くの醜悪な顔がある。

この記事を書いたのはウィリアム・ローレンスという人で、ニューヨーク・タイムズの科学記者で、戦争省の顧問でもあると書かれていました。

この記者は一体どんな人なのだろうと、その後私は幾つかの文献を読み多少の知識は得ましたが、まだ判らないこともありました。けれども最近、「いまこそ民主主義の再生を！」という岩波ブックレットを読むことがあり、そこにエイミー・グッドマンさんの

「〝独立した報道〟は可能か」に、この記者のことが詳しく書かれていたので驚きました。と同時に、メディアの役割とは何だろう？　と改めて考えざるを得なくなったのです。

グッドマンさんによると、この記者はウィリアム・L・ローレンスで、ピューリッツアー賞を受賞した人です。「アトミック・ビル」とも呼ばれたように、核兵器を崇め、記者と政府のエージェントという二重の立場で、核開発計画を推進していた人だということです。彼は、長崎に原爆を投下した飛行中隊にも同行して記事を書いたのですが、一貫して原爆が人間に与える害に対しては過小評価したのです。

グッドマンさんはローレンスと対比させて、オーストラリアのフリー・ジャーナリストのウィルフレッド・バーチェットという人のことを書いています。

原爆投下後しばらくは、欧米のジャーナリストで、原爆の悲惨な状況を報道した記者はいませんでした。連合国軍の最高司令官マッカーサーが、報道陣を日本南部に入れなかったからです。そんな状況下で、バーチェットは一人で広島に向かいました。満員列車の中、敵意をむき出しにした日本人の鋭い視線を浴び、身の危険を感じたこともあったそうです。

たどり着いた広島で彼が目にした破壊の凄まじさは、想像を超えていました。爆死した人の影が壁や歩道に焼きつけられ、出会った人びとの皮膚はただれて剥がれ落ちていました。何とか惨事をくぐり抜けた人びとも、どんどん亡くなっていきます。彼は、これは残留放射能のせいだと思い、「原爆病（The Atomic Plague）」という題で、9月5日の「ロンドン・デイリー・エクスプレス」紙に記事を書いたのです。「これが、世界に対する警告となることを願って、私は可能な限り客観的にここにある事実を書き留める」と。

やがて、彼はマッカーサーによって日本からの強制退去を命じられました。広島を撮影した写真とカメラは、彼の入院中になぜか姿を消したといいます。そして彼は、日本のプロパガンダに毒されていると非難されたわけですが、一方マッカーサーに加担をしたのが、ローレンスだったのです。

グッドマンさんは「バーチェットは広島のガレキの上で世界にとっての警告となるような記事を書きました。一方、ローレンスは米国政府の公式見解をオウム返しに唱えていただけです」と、記しています。私は、バーチェット著『広島TODAY』も読みましたが、彼自身「私は自分のみたこと、聞いたことを報道し、ローレンスは『公式筋』を代弁する報道をおこなった」と書いています。

グッドマンさんは「メディアは独立した報道を行なうべきです。ジャーナリストは権力を取材すべきであって、権力のために取材すべきではない。私たちは国家の手先であってはなりません」と主張しています。そして、ローレンスが受賞したピューリッツアー賞を剥奪するように、選考委員会に要求もしたそうです。

メディアの役割とはいったい何でしょう。2015年のノーベル文学賞をもらったのは、ウクライナ生まれの作家、スベトラーナ・アレクシエービッチですが、彼女はジャーナリストでもあります。『チェルノブイリの祈り』は、原発事故に遭遇した人びとの苦悩を、丹念な取材で聴きとったドキュメントだといえます。彼女は「国家というものは自分の問題や政府を守ることだけに専念し、人間は歴史のなかに消えていくのです。革命や第二次世界大戦の中に一人ひとりの人間が消えてしまったように。だからこそ、個々の人間の記憶を残すことがたいせつなのです」と語っています。

詩人シットウェルはタイムズ紙の記事に、詩を書くきっかけを与えられたわけですが、実際に書き始めたのは翌年春ですので、その間様々な報道を目にしたと思われます。バーチェットの記事も読んだかもしれません。クリスチャンの彼女は原爆を、神に対する人間全体の罪として捉えて詩を描きました。想像力を駆使して、歴史を遡り人間の罪を深く掘り下げようとしたのです。彼女の視座は権力者の側ではなく、常に弱者の側にあったと思います。

さて現在、エイミー・グッドマンさんは、独立メディア「デモクラシー・ナウ!」を立ち上げ、発展させています。「独立メディアとは、主流メディアや企業メディアと呼ばれる大手資本による既存のマスメディアに対抗し、企業的な利潤追求に左右されることのない報道をめざすメディアのことです」と、彼女は書いています。「デモクラシー・ナウ!」のサイトは、日本語でも見ることができ、私は時々読ませていただいています。

最近よく「中立な報道を!」という言葉を耳にしますが、「中立」の判断は誰がするのでしょうか? 中立かどうか論じるよりも、何よりも「事実」を報道してほしいと思います。バーチェットのように、現地に入り自身の目や耳で得た事実を報道してもらいたいのです。権力から独立し、一人ひとりの個人が尊重される社会を求める、市民の視点に立った報道を! と心から願っています。

引用文献
中野晃一、コリン・クラウチ、エイミー・グッドマン『いまこそ民主主義の再生を!』岩波書店、2015
ウィルフレッド・バーチェット『広島TODAY』成田良雄・文京洙訳、連合出版、1983
スベトラーナ・アレクシエービッチ『チェルノブイリの祈り――未来の物語』岩波書店、2016
ダグラス・ブリンクリー編、池上彰日本語版監修『「ニューヨーク・タイムズ」が見た第二次世界大戦』原書房、2005

生き始める言葉

アメリカの女性詩人、エミリー・ディキンソン（Emily Dickinson, 1830–1886）の、言葉についての詩が、私はとても好きだ。

"A word is dead"

A word is dead
When it is said,
Some say.
I say it just
Begins to live
That day.

言葉は死んでしまう
話されたとき、
と　言う人がいる。
私は言う
言葉は　まさに生き始めるのだ
その日に。

（拙訳）

エミリーはマサチューセッツ州のアマーストという町の名門に生まれた。祖父や父親は弁護士で地元の有力者だった。エミリーも高度の教育を受けることはできたが、当時の女性は家庭を守ることが本分とされていて、社会に出て活躍することは難しかった。一生独身で家に閉じこもる生活をした彼女は生前、詩人として全く無名だった。ひそかに詩作に励んでいたが、ほとんど発表することもなかったのだ。

ところが、死後出された詩集は広く受容され、今やアメリカが生んだ最高の女性詩人であるといわれている。それはまさに、彼女の「言葉の力」に因るものなのだ、と思う。

この詩“A word is dead”（題がない詩の場合、便宜上最初の行を題の代わりとする）は、ほとんどが1音節の平易な単語から成っている。弱強格で、各行は4、4、2、4、4、2音節で、dead と said、say と day が脚韻をふんでいる。覚え易いので、暗唱することも可能だ。

この詩に限らず、エミリーの詩は平易に見えるが、込められている思いは深く、読者に様々なことを連想させる力をもっている。詩は凝縮した言葉で成っていて、余白の多い表現方法である。それで、その余白に読者の想像力が入り込む。読者はそれぞれ自分の生活に引きつけて読み、想いをふくらませるのである。

彼女は深く物事を考える女性だった。神・信仰、生・死、愛、自然など……。たとえ権威者の言うことでも鵜呑みにするのではなく、常に自身に問いかけ、掘り下げて考えて、独自の方法で詩に表現した。偽善を嫌い、真摯に生きようとした。だからこそ彼女の詩は、書かれた後に「まさに生き始めた」のだろう。この言葉についての詩は、詩人の強い意志であり願いなのだと思う。

ところで、私は聖書の中で「ヨハネによる福音書」の冒頭の「初めに言《ことば》があった」という句に惹かれている。この「言」はロゴス（logos）で「言葉」という意味と「理性」という意味をもつ。当時の哲学では、ものごとの道理、世界の秩序の原理を意味していたという。神学者は、この福音書のロゴスはナザレのイエスのことだ、と記している。口語聖書では、ロゴスの訳語としての神の「ことば」は「言」、その他は「言葉」と、区別して記されている。

日本語に言霊（ことだま）という言葉があることにも注目したい。言葉には霊力のようなものが在って、それが人の心を動かすのかもしれない。ならばその力を、他者の心を傷つけるのではなく、勇気づけ励ますことに用いたいものである。

新年、私はあらためて「言葉」について学び、考える年にしたいと思っている。エミリーのように自分で深く考え、自身の言葉を真摯に発することのできる人でありたい、と願っている。死んでしまう言葉ではなく「生き始める」言葉を求めて。

若き日のエミリー・ディキンソン

参考文献
川本皓嗣『アメリカの詩を読む』岩波書店、1998
亀井俊介編『対訳 ディキンソン詩集』岩波書店、2008
小林稔『ヨハネ福音書のイエス』岩波書店、2008

地下鉄の駅で

"In a Station of the Metro"

The apparition of these faces in the crowd;
Petals on a wet, black bough.

地下鉄の駅で

人ごみに　はっと現れた顔……
ぬれた黒い枝に付く　花びら

（拙訳）

これはエズラ・パウンド（Ezra Pound, 1885–1972）の有名な短詩である。彼はT・S・エリオットと共に、詩のモダニズム運動を展開した人で、特に「イマジズム」を推し進めた詩人として知られている。

彼は日本の俳句についての知識をもっていた。自身の説明によると、この地下鉄の駅はパリのコンコルド駅で、地下鉄を降りた時ふいに美しい子どもや女性の顔が現れた、その時の感動を凝縮した言葉で、俳句に似た短詩にしたという。

彼は仲間と共に「イマジズムの原則」を作ったが、その内の一つは「表現に役立たない言葉は決して使わないこと」だった。この詩では、その原則を徹底的に試したといえるだろう。

短詩の場合、題も重要な要素である。この題から、場所は地下鉄の駅だと分かる。そこに、ふいに現れた人たちの顔が、作者には黒い枝に付く花びらのように感じられたのだ。ここには隠喩（メタファー）が巧く用いられている。隠喩は類似による喩えだが、イメージを重ね合わせ、深みや拡がりを生む技法である。

それにしても、地下鉄の人ごみで見た顔を黒い枝の花びらに例えるなんて、何とユニークな発想だろう。

メタファーは読者の心に様々なイメージを想わせるが、イメージが読者によって違うことも興味深い。私には雨上がりの枝に付く桜の花びらが浮かんだが、花の種類など、人によって異なるだろう。

さて今回訳してみて、翻訳の難しさをつくづく感じた。these faces は直訳すると「これらの顔」だが、それでは硬すぎる。セミコロンをどう表現すればいいのか？　on の訳は？　翻訳ではなく翻案にする方が面白いかもしれない、など……。

英文学の教科書で初めて出合ってから、ずっと気になっていたこの詩は、これからもずっと私の頭の隅にあるだろう。含蓄のある短詩は短いゆえにこそ、人の記憶に残るのかもしれない。

比喩とイメージ　――まど・みちおさんの詩から

今年の夏も本当に暑かった。暑さにイライラしているときのこと、『まどさん１００歳１００詩集』を手にして読み始めると、気持ちが穏やかになり、爽やかな空気に包まれているような気がしたのだ。

なぜだろう？　まどさんの詩について考えてみたくなった。

ここでは比喩とイメージの視点から考えてみたい。爽やかな空気の理由も探りながら……。

まず「いちばんぼし」という詩。

いちばんぼし

いちばんぼしが　でた

うちゅうの
目のようだ

ああ
うちゅうが
ぼくを　みている

ほとんどひらがなだけの短い詩で、〈いちばんぼし〉が〈うちゅうの目〉に喩えられている。

暗くなってきて、ふと夜空を見上げると一番星が光っている。それが作者には、まるで宇宙の目のように思えた。こちらから見ているだけでなく、むこうからも見られている気がしたのだ。

私たち現代人は傲慢になって、まるで自分たちが自然を制御できるかのように考えがちだ。自然に対して〈こちらから見る〉ことに慣れてしまっている。本当は、人間も自然の中の一つの存在に過ぎないのに……。

宇宙の目は、環境汚染や地球温暖化などを引き起こしている人間のエゴを見透かしているのかもしれない。「見られている」と考えることで、私たちはもっと謙虚になれるのではないだろうか。

次に「しろうさぎ」という詩を紹介したい。

しろうさぎ

あたたかそうね

めが
ふぶきの　なかの
あかりのようで…

この短詩はすべてひらがなで書かれている。
可憐なうさぎが吹雪の中を駆けている姿が浮かんでくるようだ。白い雪、白いうさぎ、あたり一面の白い世界でうさぎの目だけが赤く、灯りのように見える。

吹雪いているのだから、凍りつくような寒さだろう。その中にぽっと温かい生命がある。灯りのような目は「生命」の象徴かもしれない。

「あたたかそうね」と、作者はうさぎに語りかけている。声をかけられて、うさぎもきっとふり向いただろう。

まどさんの詩は一方通行ではない。生命と生命が交感し合っているのだ。同じ地球に住む仲間として。

次は「するめ」という詩。

するめ

とうとう
やじるしに　なって
きいている

うみは
あちらですかと…

この詩もひらがなだけで書かれている。するめと矢印は姿が似ていて、類似性のメタファー（隠喩）が用いられている。

広い海で自由に泳いでいたのに、人間によって捕えられ、干され、とうとう矢印のようになってしまった。それでもやはり海は恋しい。海の方向を指して「うみは　あちらですか」と聞いているのだ。

まどさんは、するめの気持ちになって考えている。私たちは人間の傲慢さと、するめの哀しみを感じざるを得ないのではないだろうか。

詩は省略の多い文学である。省略された空白の中で、読者はイメージを膨らませることができる。私には海辺の景色が浮かび、汐の香りさえ漂ってきた。

次は「蚊」についての詩。

カ

ある　ひとが
ふと　あるひ
手にした　ほんの
とある　ページを　ひらくと
ある　ぎょうの
とある　かつじを　ひとつ
うえきばちに　して
カよ
おまえは　そこで
花に　なって
さいている

そんなに　かすかな　ところで

しんだ　じぶんを
じぶんで　とむらって…

私たちは蚊に刺されると、腹立たしい気がする。蚊は人間に嫌われる存在だ。でも、まどさんはこんな優しい詩を書いた。蚊も、作者にとっては、共に生きる仲間なのである。この詩にもメタファーが使われている。古代、アリストテレスは「隠喩は眼前に彷彿させる」と記したが、蚊と花のイメージが重なり合って眼前に浮かぶのではないだろうか。

英詩によく用いられる頭韻が響いているのにも気づく。「あ」「ひ」「と」など。ひらがなで書かれている「ある」だが、「在る」という字を感じさせる。蚊は確かにここに存在しているのだ。

活字を植木鉢にしているというのだから、この蚊はあえてこの場所を選んだのかもしれない。このページを読む誰かに出会えることを願って。

まどさんの発する言葉は、どんな小さな生物に対しても愛に満ちている。

さて、最後に挙げたいのは「空気」という詩。

空気

花のまわりで　花の形
ボールのまわりで　ボールの形
ゆびのまわりで　ゆびの形

そこに　ある物を
どんな物でも　そこにあらせて
自分は　よけて
その物をそのままそっと包んでいる
自分の形は　なくして
その物の形に　なって…

まるでこの世のありとあらゆる物が
いとおしくてならず

その　ひとつひとつに
自分がなってしまいたいかのように

空気は目には見えない。詩人は見えないものの思いさえ、察することができるのだ。人間は空気がなければ生きていくことができないのに日々、空気の有難さを忘れてしまっている。何の助けも借りずに、独力で生きているかのように錯覚している。

一方、この詩にあるように、空気は自己主張することなく、いつも私たちを包んでくれている。「いとおしくてならず」という言葉にあるように、優しく護ってくれている。まどさんの詩を読むと、謙虚な気持ちになれる。私たちは独力で生きているのではなく、自然の摂理の中で生かされているのだ、と気づく。

空を眺めて、周りの生物と対話して、見えないものにも思いをはせて……。まどさんの詩を読んでいると、爽やかな空気に包まれている気がしてくるのである。

引用文献
『まど・みちお詩の本―まどさん100歳100詩集』理論社、2014
アリストテレス『弁論術』戸塚七郎訳、岩波書店、1992

八木重吉の「祈り」の詩

八木重吉の詩は、「祈り」の詩といえるのではないだろうか。平易な言葉で書かれた短詩で透明感があり、私たちの心にすっと入ってくる不思議な力をもっている。重吉は敬虔なクリスチャンだったが、そうでない者の心にも響いてくる何かが在るのだ。

ここでは、八木重吉の詩の「祈り」とは何か、を探ってみたい。特に彼の自然の捉え方を通して考えたいと思う。

八木重吉の作品の中では比較的長い詩「明日」には、「祈り」という言葉が幾度か出てくる。妻と二人の幼い子どもとの日常が記されている詩である。「祈り」が出てくる部分を抜粋する。

富子お前は陽二を抱いてそこにおすわり
桃ちゃんは私のお膝へおててをついて
いつものようにお顔をつっぷすがいいよ
そこで私は聖書をとり
馬太伝六章の主の祈りをよみますから
みんないっしょに祈る心になろう

これは朝の祈りだが、夜も祈る。

私等は二人で
子供の枕元で静かな祈りをしよう
桃子たちも眼をあいていたらいっしょにするのだ
ほんとうに
自分の心に
いつも大きな花をもっていたいものだ

その花は他人を憎まなければ蝕まれはしない
他人を憎めば自ずとそこだけ腐れていく
この花を抱いて皆ねむりにつこう

この詩に出てくる馬太伝（マタイ伝）6章には、クリスチャンがよく唱える「主の祈り」があるが、「祈る時には、偽善者たちのようにするな。彼らは人に見せようとして、会堂や大通りのつじに立って祈ることを好む」という言葉もある。

八木重吉は無教会主義の内村鑑三に影響を受けたといわれていて、教会に通うことは望まなかった。この章の言葉に倣って、人々の前で祈ることを好まなかったのかもしれない。ひっそりと家族で、あるいは一人で祈ることを日課としていたのである。

また、マタイ伝6章冒頭には「自分の義を、見られるために人の前で行わないように、注意しなさい」とある。たとえ良いことをするときでも、人に見られるようにすべきではない、そっと行ないなさいというのである。

重吉はある手紙の中に、死と生、善と悪の問題に悩み抜いた末、一つの路にたどり着いたと書いている。それは基督に連なる路で、「自らを空しうして他人のために働く態度、全くの虚心―それは完全なる善であるとしか考えられません」と記している。無私の心で他者のために働くこと、それは重吉の理想だったのだろう。
その心は詩の中で、自然との関係で捉えられている。「雨」という詩がある。

雨のおとがきこえる
雨がふっていたのだ

あのおとのようにそっと世のためにはたらいていよう
雨があがるようにしずかに死んでゆこう

ふと気がつくと、雨の音がする。雨が降っていたのだ。雨は草木を潤し、稲の成長を助けるなどの働きをする。私も、あの雨のようにそっと世のために働こう。そして時が来れば、雨があがるように静かに去っていこう……。雨に自らの姿を重ねているのである。
世の中には、黙って仕事をして静かに立ち去る人よりも、自分の成し得たことを、誇らしげに語る人が多いのではないだろうか。この詩人のような祈りのできる人は稀だろう。

結核を患い早世した重吉だが、妻は「いつも信仰を高め、よい人間になろうと、せっせと一人で詩を書いていたひと。有名な詩人になることなぞ望まぬ、求道者、神の徒だった詩人、いまおもえば、無学な私だったがそのひとの傍でいっしょに生き、そのひとの世界に包まれていた時は、なんと果報な、豊かな時であったことだろう」と書いている。「求道者」という言葉は、まさに重吉の生き方を適確に表していると思われる。

八木重吉は１８９８年、東京の南多摩郡（現在の町田市）の農家の次男として生まれた。当時は豊かな自然があり、神仏混淆の風習や土俗信仰行事もあったらしい。幼い頃「天に神様がいる」と語りあったものだと、弟純一郎は回想しているという。

次の詩も、重吉の自然に対する想いを表している。

はつ夏の
さむいひかげに田圃がある
そのまわりに

ちさい　ながれがある
草が　水のそばにはえてる
みいんな　いいかたがたばかりだ
わたしみたいなものは
顔がなくなるようなきがした

（「水や草はいい方方である」）

田圃や水や草、それぞれを擬人化して敬っているのだ。そして自分を省みて、自身の不足を感じている。詩人の謙虚さが伝わってくる詩である。水や草の「無私」の心に比べて、人間は我欲を捨てきれない。人間関係に疲れて、他者を憎むことさえある。詩人は常に自分を戒めることを忘れないのである。

重吉が目指したのは、基督の生き方に倣うということだったのだと思う。常にその姿を求めていたのだ。

その願いを表す詩も、自然を通して描かれている。

森へはいりこむと
いまさらながら
ものというものが
みいんな
そらをさし
そらをさしてるのにおどろいた

(「鞠とぶりきの独楽」より)

確かに、すべて木々は空に向いて伸びている。一方、人間は目先の欲に捉われて、時には偽りの方向に進むこともある。
また、「桜」という、たった2行の詩もある。

綺麗な桜の花をみていると
そのひとすじの気持ちにうたれる

詩人にとって、花は「もの」ではなく、ひとすじの心を有する存在なのである。

村上陽一郎著『近代科学を超えて』には、キリスト教は、人間のみが自然界の主人であるという「人本主義」、さらに自然界から人間的要素を追放する「非擬人主義」の傾向を生んだと書かれている。

しかし、八木重吉の想いは異なっている。彼にとって、自然こそ神への路につながる存在なのである。


さて、阪神・淡路大震災を体験した私は当時、大自然の力の前で、人間の無力さを痛感した。また、福島県の原発事故では、人間の傲慢さと罪深さを感じざるを得なかった。二度ほど福島を訪れたが、人間はこんな美しい森や川を放射能で汚したのだと思うと哀しかった。

八木重吉の作品の中にも「そして野と山を荒してはいけない／野と山がこれ以上せばまってゆくなら／日本はいきがいのない国になってしまう／みんないちばんいいものをさがそう／そしてねうちのないものにあくせくしない工夫をしよう」と書かれている詩（「なんというわからぬやつらだろう」）があるが、私たちは自然を荒らしながら、あくせくとした毎日を送っているのかもしれない。物質的豊かさを求めるあまり、もっと大切な「何か」を失っているのかもしれない。

ところで最近、彼の「聖書」という詩を読んで、はっとさせられた。

この聖書のことばを
うちがわからみいりたいものだ
ひとつひとつのことばを
わたしのからだの手や足や
鼻や耳やそして眼のようにかんじたいものだ
ことばのうちがわへはいりこみたい

「ことばのうちがわへはいりこみたい」という表現に驚いたのである。昨今、テレビなどから流れてくる皮相的な言葉に辟易としていたからだろう。

重吉は聖書を読むときだけでなく、詩作においても常にそう考えて取り組んでいたのではないだろうか。言葉の深さと重みを知り、その言葉の中に自身の歩むべき道を求めていたのだろう。だからこそ、彼の詩は読者の心を動かすのかもしれない。
「無私のこころ」、「ことばのうちがわに入る」など、八木重吉の「祈り」の詩は、私たち現代人に重要なメッセージを伝えてくれているのではないだろうか。物質的なものに目を奪われがちな昨今、宗教を信じるか否かを超えて、「大切なものは何か」と、静かに心に問いかけてみたい。

参考文献

八木重吉『永遠の詩⑧ 八木重吉』小学館、２０１０
八木重吉『八木重吉詩集』彌生書房、１９８６
田中清光『八木重吉文学アルバム』筑摩書房、１９８４
吉野登美子『琴はしずかに』彌生書房、１９８３
村上陽一郎『近代科学を超えて』講談社、２００７

『世界がもし100人の村だったら――お金篇』

私はNGOで平和活動に少し関わっていますが、ボランティア活動について、シンポジウムを催したことがあります。そのときのテーマの一つが「今だけ、金だけ、自分だけでいいの？」というものでした。

現在の社会は「お金」を中心に回っているように思えます。自己の利益を追求し、他者や未来への配慮にも欠けているようです。富む者がますます富み、貧しい者がさらに貧しくなる社会でもあります。

現在の社会状況をいかに捉えて、どのように進んでいけばいいのだろう、と不安に思っていた先日、『世界がもし100人の村だったら――お金篇』という本を見つけました。10年ほど前に出されて注目された本ですが、今回は「お金篇」ということで、お金に焦点を当てて、あらたに緊急出版されたのです。今の世の中の動きに、警告を発したいと思われたのでしょうか。

詩の形で書かれ、絵本のようでもあり、心に沁み込んでくる一冊です。内容を少し紹介したいと思います。

いま世界には73億の人がいるらしいですが、それを１００人に縮めることで見えてくる現実があります。一昨年、世界のＧＤＰは73兆ドルだったそうですが、その富はどこに行ったのでしょうか。

世界を100人の村にすると
世界の富のうち
49％は１人のいちばんの大金持ちのもとに
39％は９人のお金持ちのもとに
11％は40人の
わりと豊かな人のもとに貯まりました
50人の貧しい人のもとにあるのは
たったの１％です

100人の村では
1人の大金持ちの富と
99人の富が
だいたい同じです

数を縮約することで、富が偏在していることがよく分かります。いま日本でも、子どものの7人に1人が貧困状態にあるといわれていますが、なぜこのようなことになったのでしょうか。

多くの人びとは　会社にやとわれて働きます
会社によっては　会社のある豊かな国よりも
賃金の安い　貧しい国に　工場をつくります
すると　その国の人びとは
前より豊かになります

会社は　会社のある
豊かな国で働く人びとの賃金を　減らします
すべては　ほかの会社との競争に
勝つためです

たとえば日本では、この15年で
人びとの賃金は　合計で12兆円減りました
働く人の年収は　平均50万円減りました
会社が貯めた儲けの合計は
2倍の380億円になりました

グローバリズムの実態が見えてきます。グローバル大企業は何カ国にもまたがって活動し、国が保有するお金以上をもつこともあります。けれども、それらの大企業が払う税金は減少しているのです。

たとえば　日本の大金持ちは
40年前　収入の75％の税金を払っていました
いまは45％です
会社がおさめる税金の率も
世界中でどんどん下がっています

「パナマ文書」という言葉を聞かれたことがあると思います。「タックス・ヘイブン」を暴露した文書です。タックス・ヘイブン（租税回避地）でお金を保有していれば、自国で税金を払わなくても済み、名前などを公表されることもなく、自由にお金の出し入れができるといいます。こうして、大金持ちはさらに金持ちになれるわけです。

ところで、世界にはドルやユーロや円など、いろいろな通貨があります。それらを上手に売り買いすれば、儲けることができます。

「世界の通貨取引額は、１日に5兆ドル、その15日分は私たちが暮らすリアルな世界のＧＤＰと同じ」とのことです。通貨の他に株、国債、石油などがあり、それらを巧みに取引して得るお金は、リアルな世界のＧＤＰの３倍以上だそうです。

こうして　私たちが
働いてかせいだお金で暮らす
リアルな世界から
大金を動かして
お金を儲ける人びとのほうへ
お金は流れつづけます

そのいっぽうで
貧しさは
まだまだなくなりません

世界の子どもを100人とすると
8人が　家計をささえたり
親の借金を返すために　働いています

小学校に通うはずの100人のうち
9人は通っていません
中学校に通うはずの100人のうち
34人は通っていません

貧しさのために
5秒に1人
子どもが死んでいます

無力な子どもたちが犠牲になるのは、本当に哀しいことです。この本には、格差を減らす方法として「とびきりの大金持ちの財産に1%の税をかけると、1年に600億ドルがあつまります」、「通貨の売り買いに0・005%の税をかけたら、1年に600億ドルがあつまります」と書かれています。他にも、気候変動の原因である二酸化炭素を出す工場や、武器を取引する際などに税をかけることが提案されています。

さて、今回出された本は「お金篇」なので、お金に焦点が当たっていますが、世界には自然破壊や紛争、テロなど、深刻な問題も横たわっています。私たちは混沌とした世界にいるといっても、過言ではないかもしれません。

残念なことに、これらの問題はあまり報道されません。けれども、事実を知ることが何よりも重要だと思います。そして、独占するのではなく、分かち合う心をもちたいものです。

難解な本は敬遠されがちなので、この本のように詩や絵で、分かり易く表されている一冊が、とても大切なのだと思います。

事実を知ろうと努めること、そしてどのような未来を築くべきか考えることが、私たち一人ひとりに求められているのではないでしょうか。

引用文献
池田香代子、C・ダグラス・ラミス対訳
『世界がもし100人の村だったら—お金篇』マガジンハウス、2017

ハリー・ポッター　――愛のしるし

先日、ニュース番組で「赤ちゃんポスト」のことが取り上げられていました。親が育てることができないために、窮地に置かれている赤ちゃんを預かるのが「赤ちゃんポスト」です。熊本市の病院に設置されてから10年になり、その間、１２５人の赤ちゃんが預けられたそうです。

預けられた赤ちゃんが成長し、その後どんな思いでいるのか、一人の少年が名を伏せて取材に応じていました。里親のもとで育った彼は、大人になったら「子どもと関わる仕事に就いて、子どもたちの悩みや不安を聞いてあげたい」と将来の希望を語っていました。

子どもを預けたいお母さんに、何か伝えたいことは？　との問いには「大人になるにつれて疑問が湧いてきて苦しむかもしれないので、たとえ写真一枚でもいいから、大切にされていたと分かるように、目に見える形で残してほしい」と応えていました。

たしかに、愛されていたと信じることのできる、何か「しるし」のようなものがあれば、つらいとき哀しいときに、どんなにか子どもを支えることでしょう。

ふと、私は「ハリー・ポッター」の話を思い出しました。シリーズで第7巻まである、子どもたちに人気の児童文学ですが映画化もされ、大人にとっても興味深い作品です。

作者はJ・K・ローリングで、第1作目を書いた当時は、小さな子どもを抱えたシングルマザーで、生活にも困る状況だったそうです。

さて、主人公のハリーは1歳のときに、悪の魔法使いヴォルデモートに両親を殺された孤児です。叔母夫妻に預けられた彼は、階段下の物置に閉じ込められたり、いとこやその友だちにいじめられたりなど、苦しい日々の中で育ちます。そして、11歳の誕生日に「魔法魔術学校」からの入学通知が来て初めて、ハリーは自分が魔法使いの血筋であることを知るのです。

この物語が子どもたちに人気がある理由の一つは、魔法界と普通の人間の社会に、多くの共通点があるからだと思います。魔法界の学校でも多くの宿題や試験があり、魔法使いになるのも楽ではないと分かるのです。いじわるな先生や生徒もいます。一生懸命学び、努力してやっと一人前になれるわけです。加えてハリーは、ヴォルデモートに生命を狙われる存在なのです。

けれども学校には、常に温かな目でハリーを見守るダンブルドア校長がいました。ハリーが悩んでいるときに、静かに発する彼の言葉が、この作品の鍵だと私は考えています。ここでは第1~3作から、校長の言葉を拾ってみたいと思います。

ある日ハリーは、使われていない教室で、不思議な鏡を見つけます。その鏡をじっと見ていると、どことなく自分に似ている若い男女の姿が現れました。それが自分の両親であると分かったハリーは、その鏡に魅せられるようになります。

あるとき、鏡に見入っていると、後ろにダンブルドア校長が立っていて、ハリーに忠告しました。

鏡が見せてくれるのは、心の一番奥底にある一番強い「のぞみ」じゃ。それ以上でもそれ以下でもない。君は家族を知らないから、家族に囲まれた自分を見る。……この鏡は、知識や真実を示してくれるものではない。鏡が映すものが現実のものか、果たして可能なものなのかさえ判断できず、みな鏡の前でへとへとになったり、鏡に映る姿に魅入られてしまったり、神経を病んだりしたのじゃよ。

ところで、ハリーには額に稲妻の形をした傷があります。それが、ハリーであることの証なのです。第1作では、ヴォルデモートの手下に生命を狙われて、絶命の危機に陥ったときに、何かの力が彼を救います。校長は次のように告げます。

きみの母上は、きみを守るために死んだ。ヴォルデモートに理解できないことがあるとすれば、それは愛じゃ。きみの母上の愛情が、その愛の印をきみに残してゆくほど強いものだったことに、彼は気づかなかった。傷痕のことではないぞ。目に見える印ではない……それほどまでに深く愛を注いだということが、たとえ愛したその人がいなくなっても、永久に愛されたものを守る力になるのじゃ。

第2作で、ハリーが自分の選択に自信を失ったときに、校長が発した言葉も興味深いものでした。ハリーの選択が正しかったという証拠を示した上で「ハリー、自分が本当に何者かを示すのは、持っている能力ではなく、自分がどのような選択をするかということなんじゃよ」と、語ったのです。

第3作では、ディメンター（吸魂鬼）が現れます。これは、喜びや楽しい思い出を吸い取って、絶望に追いやる恐ろしい存在ですが、作者、J・K・ローリング自身の鬱の体験からヒントを得たといわれています。

ディメンターに打ち勝つには、守護霊を呼び寄せる必要があります。最も楽しかった記憶に心を集中させて守護霊を呼んだときにのみ、ディメンターを撃退させることができるのです。

絶望的な場面で彼の前に現れたのは、ハリーの父親のように思えました。本当に父親が現れたのでしょうか。

ダンブルドア校長はハリーに語ります。

愛する人が死んだとき、その人は永久に我々のそばを離れると、そう思うかね？　大変な状況にあるとき、いつにも増して鮮明に、その人たちのことを思い出しはせんかね？　きみの父君は、きみの中に生きておられるのじゃ、ハリー。そして、きみが本当に父親を必要とするときに、最もはっきりとその姿を現すのじゃ。

苦しい時にハリーを救ってくれたのは「愛のしるし」なのかもしれません。そして、親に代わって見守るダンブルドア校長のような存在なのでしょう。

かつて赤ちゃんポストに入れられた少年も、良い里親に出会い、正しい選択のできる少年に成長したからこそ、自分の思いを率直に語ることができたのでしょう。

私たちの成長には、「愛のしるし」のようなものが、必要なのかもしれません。

引用文献

J・K・ローリング作、松岡祐子訳、静山社

『ハリー・ポッターと賢者の石』2012

『ハリー・ポッターと秘密の部屋』2015

『ハリー・ポッターとアズカバンの囚人』2012

解説　平和へ

佐古祐二

〈あなたはどう思いますか。〉

一人ひとりに違う人生があり違う時間がある。

だから、寺沢京子さんは、啓蒙ではなく、あなたの声を聞こうとする。

この本は、平和を深く熱望する人格で貫かれて、心打たれる。


寺沢さんは行動する。

あなたをリスペクトして（敬意を払って）、あなたから学び、共に語り合って、共に行動しようとする。

平和への行動は、一人ひとりの生が貴重だから、これを奪う組織的暴力の最たるもの＝戦争を憎むからである。

この本は、ことばや詩についての思いも語られている。それは、以上に述べたところと相通じている。ほんとうの詩はごまかしとは無縁であるからである。「ことばのうちがわへ」という八木重吉の言葉の意味をかみしめている筆者がいる。


今、日本では、欺瞞に満ちた言葉が氾濫している。

寺沢さんは、「積極的平和主義」という言葉について、世界における日本の軍事的役割を増やそうとして集団的自衛権を行使することを容認するために使われているが、平和学でいう「積極的平和主義」はまったく対極の概念であることを指摘する。すなわち、戦争などの「直接的暴力」をなくすだけでなく、経済的搾取などの「構造的暴力」、それらを肯定する「文化的暴力」をなくすことだと、さらに、非暴力の手段で対話や協力などを積極的に創り出すことだ、と。

この点、私は思う。真実や道理が大切にされるべき政治の世界で欺瞞的な言葉が横行しており、このような政治の延長線上で戦争が引き起こされることを憂える。「ポスト・トゥルース（ポスト真実）」「オルタナティブ・ファクト（もう一つの真実）」「フェイクニュース」等の新奇な思想が、まるで隠された本当のことへの接近を可能にするかのようにもてはやされたりする昨今の風潮はおそろしい。

この本に、「12条する」という言葉が出てくる。

それは、日本国憲法第12条「この憲法が国民に保障する自由及び権利は、国民の不断の努力によって、これを保持しなければならない。」とあり、日常会話で「12条する」

という動詞を使うことを提案する主婦の言葉として紹介されている。

日本国憲法は、基本的人権は天賦人権説を背景にして「すべて国民は、個人として尊重される」（13条）とうたっている。この本が「個」の持つ意味に注目しているのも極めて重要である。自民党の憲法改正草案は「個人」を「人」に置き換えている。「個人」は個々の人が尊重されることを明確にしているのに対して、「人」は総体としての抽象的存在でしかない。これは、日本国憲法が人権相互の調整原理として「公共の福祉」という用語を用いている（人権を制限できるのは人権しかない）のに対して、自民党の改正草案が「公益及び公の秩序」に置き換えているのと対応している。後者だと、人権の上に公益や秩序が置かれることになる。

日本国憲法は、また、第十章最高法規の最初の条文（97条）において、「この憲法が日本国民に保障する基本的人権は、人類の多年にわたる自由獲得の努力の成果であって、これらの権利は、過去幾多の試練に堪え、現在及び将来の国民に対し、侵すことのできない永久の権利として信託されたものである。」としている。

基本的人権は人類の自由獲得の努力の歴史的な成果であって、これらの権利は現在の私たちだけでなく将来の国民に対しても侵すことのできない永久の権利として信託されたものであるというのである。信託された、というのはあなたを信じて託しましたよということである。自由・権利は、試練とのたたかいによって得られた成果であり、12条は、私たちが不断に努力しなければ保持できないものであることを警告しているのである。

日本国憲法が家制度を否定して個人の尊厳をうたったことで、女性も男性も個人として生き生きと生きることができる前提が創られた。ところが、家族の愛情を基礎として人々が結びつくことと、憲法において家族を社会の基礎と明記することは別問題であるのに、自民党の憲法改正草案は前者の自然な感情に訴えて、後者を提案している。この問題についても、寺沢さんは、女性の観点から、平塚らいてうの生き方を通じて、視野の広い生き方の大切さを訴えている。

私は、この本が、寺沢さんの行動から得られた自身の心の底から絞り出された平易な言葉で、話すように書かれていることが、大事なことだと考える。皆さんが平和へと行動するきっかけとなると考えるからだ。

「憲法には『私はどう生きるべきか』書いてある」（ドキュメンタリー映画「不思議なクニの憲法」松井久子監督）。憲法が権力によって根底から損なわれようとしている今、普通に生きている私たちの思いを書いているこの本は、一気に読ませる。

あとがき

時が過ぎるのは速いもので、阪神・淡路大震災から20年以上たちました。あの朝、激しい揺れにおそわれて、突然「平和」が崩れることがあるのだということを体験しました。

あれから私はいつも「平和」について考えてきたように思います。

また、エッセイなどを書くことを通して、常に「言葉」にも向き合ってきました。

「平和」や「言葉」をテーマにこの数年、毎日新聞(兵庫版)、「PO」などに書かせていただいたエッセイを、この度まとめることができて、幸せに思っております。

(まとめるにあたって、元の原稿に少し手を加えたものもあります。)

昨今、国内外のニュースに接し「なぜ、こんなことが起きるのだろう」と考えさせられることが増えてきました。世の中の「価値観」のようなものが変わりつつあるのでしょうか。

私たちにとって本当に大切なものは何だろうか？　と、常に問いかけていくべきではないでしょうか。

解説を書いてくださった「ＰＯ」編集長で弁護士の佐古祐二さんに、お礼申しあげます。弁護士のお仕事を通して、憲法の大切さを熟知されている方に書いていただき有難く思っています。

また、出版の労をとってくださった竹林館の左子真由美さんにも、感謝しております。いつも励ましていただき、ありがとうございます。

最後に、神戸ＹＷＣＡの平和活動仲間にも、「ありがとう」の言葉を、心から伝えたいと思います。

これからも「平和の橋」を築いていけるように、真摯に歩んでいきたいと願っております。

二〇一七年七月吉日

寺沢京子

初出一覧

ピース・ブリッジつなぎたい　毎日新聞兵庫版「Fメール」2015・5・10
「怒りたい女子会」のデモ　「Fメール」2015・6・14
批判精神・想像力を忘れず　「Fメール」2015・8・30
平和テーマの詩作に思う　「Fメール」2015・11・1
非核を求める活動　真剣に　「Fメール」2016・2・14
丸木美術館を訪れて　「Fメール」2016・4・24
生き生きした瞳を守るために　「Fメール」2016・7・3
過去から学び、未来を選択する　「Fメール」2016・9・11
「文化」で平和をつなぐ　「Fメール」2016・11・13
戦争の理不尽、胸に刺さる　「Fメール」2017・2・26
私たちの平和活動　「小さな雑誌」80号　2014・11・5
〈詩〉平和の橋　ピース・ブリッジ　ピース・ブリッジHP
ド・ロ神父の足跡をたどって　「Fメール」2017・5・14

＊

ヴェラとローランド――第一次世界大戦中の悲恋
総合詩誌「PO」154号　2014・8・20
顔の中の赤い月　「PO」157号　2015・5・20
平塚らいてうの生き方　「PO」152号　2014・2・20
柳原白蓮の短歌《うた》――平和への思い　「PO」162号　2016・8・20
メディアの役割とは？　「いのちの籠」33号　2016・6・25
生き始める言葉　「PO」160号　2016・2・20
地下鉄の駅で　「PO」160号　2016・2・20
比喩とイメージ――まど・みちおさんの詩から　「PO」159号　2015・11・20
八木重吉の「祈り」の詩　「PO」163号　2016・11・20
『世界がもし100人の村だったら―お金篇』　「PO」165号　2017・5・20
ハリー・ポッター――愛のしるし　「PO」166号　2017・8・20

寺沢京子（てらさわ・きょうこ）

神戸女学院大学英文学科卒業
神戸大学大学院総合人間科学研究科、文化学研究科修了
学術博士
非常勤講師（姫路獨協大学）
神戸ＹＷＣＡピース・ブリッジ代表
日本英文学会、神戸英米学会、原爆文学研究会、
詩誌「PO」「いのちの籠」、関西詩人協会（会員）

既刊著書　『在る』（1998 年　海風社）
『窓から』（2003 年　海風社）
『大切なものって何だろう ―核・震災・そして文学』（2012 年　竹林館）

平和の橋　Peace Bridge
―人ひとりが大切にされる社会を願って

2017 年 7 月 24 日　第 1 刷発行
著　者　寺沢京子
発行人　左子真由美
発行所　㈱ 竹林館
〒 530-0044　大阪市北区東天満 2-9-4　千代田ビル東館 7 階 FG
Tel　06-4801-6111　Fax　06-4801-6112
郵便振替　00980-9-44593
URL http://www.chikurinkan.co.jp
印刷・製本　モリモト印刷株式会社
〒 162-0813　東京都新宿区東五軒町 3-19

ISBN978-4-86000-366-1　C0095